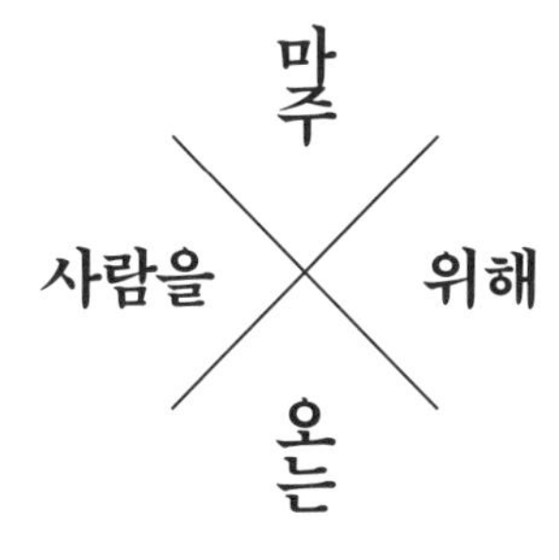

양동림 시집

한그루 시선

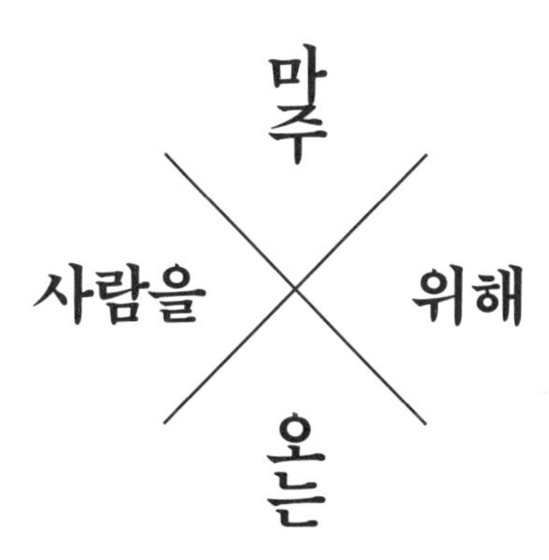

마주 오는 사람을 위해

양동림 시집

自序

나의 시는
십여 년을 꽁꽁 뭉쳐둔 변비처럼
내장 깊숙한 곳에서
서서히 돌이 되어가고 있다.
세상을 향해 표출하지 못하고
굳어가는 덩어리들

어느 해인가 차마
생명이 자라고 있다고 말하지 못하고
어미의 자궁 속에서 굳게 만든

슬픈 씨앗이 이제

창자로 자리를 옮겨

모진 어미를 무심한 아비를 질타하고 있다.

나서기 두려운 세상을

노려보고 있다.

2021. 11. 19.

체온이 합쳐진 날을 기념하며

차례

1부

거울

2부

살아남기

3부

死·삶

4부

인연

1부

거울

지우개 똥

남의 잘못 내 몸 바쳐

바로잡아 줬더니

그는 정의가 되었고

나는

똥이 되었다

말똥 1

친구를 만나서 했던 수많은 말

가족들과 나눈 말들

일하면서 동료들과 했던 말들

그 말들이 여러 장기를 돌고 돌아

새로운 형태로 당신에게 되돌아왔을 때

당신은 그 말의 진의를 제대로

알아볼 수 있을까요?

혹시 구리다고 코를 막고 있지는 않은가요?

말똥 2

어려 몰랐던 부모님 마음

아빠가 돼 보니 이제야

겨우 알똥말똥

사랑하는 이의 이야기

들어주는 너의 눈망울이

말똥말똥

뉴스 속 사람들이 자신보다

국민을 위한다고 매일 쏟아내는

말의 똥 말의 똥

거울 1

제가 궁금하나요?

무엇을 생각하는지 알고 싶나요?

저를 들여다보세요

온통 당신뿐입니다

당신이 저를 바라봐 준다면

저는 언제나 당신만을 따를게요

거울 2

나는 알고 있다
나를 보러 오는 사람들 모두가
나에게는 관심이 없음을
그들은 오로지 자기 자신에게만
관심이 있다는 것을
그리하여 나는 나를 감추고
나를 만나는 사람들에게
그 사람만을 보여준다
그들은 자기의 좋은 점을 찾기를 원하지만
나의 역할은 그들의 단점을 비춰주어
그들 스스로 잘못을 바로잡게 하는 것
거기서 보람을 느끼는
나는 거울이다

후진

길을 가다
막혔을 때 뒤돌아 간다는 것
얼마나 현명한가?
좁은 길에서
마주 오는 사람을 위해 물러서 주는 것
얼마나 아름다운 배려인가!

나이

뱃살이 두꺼워지는 만큼

돋보기가 볼록해지는 만큼

부고 알림이 점점 빈번해지는 만큼

내 생각보다 아이들 생각이 더

간절해지는 만큼

맹지

아무것도 할 수 없다

시신경이 없는 나의 두 눈에선

집도 지을 수 없고 장사도 할 수 없다

얽히고설킨 신경 세포들이

하필 나의 두 눈에는 연결이 안 돼 있다

그래도 멀리서 보면

아무런 행동을 안 하면

전혀 이상할 게 없는

나의 두 눈은

눈동자도 없는 것보다는 나은 거라고

위안 삼는 맹지다

슬픔을 이기는 눈물의 통로다

새벽

가난한 자는 밤을 기다리고
부자는 새벽을 기다린다?

그렇다
힘든 노동이 끝나 밤이 되면
종일 기다리는 가족도 보고 싶고
하루의 피로를 달래줄 소주 한잔도 그립다
날이 밝으면 일 나가기도 전에 월세를 독촉하는
집주인을 마주칠까 두려운 새벽이
반가울 리 없다
집주인보다 더 일찍 일터로 나와
한밤중에야 집으로 간다
기다리는 게 새벽인지 밤인지
구분하지 못하는 삶 속에서
가난한 자의 새벽은 즐겁지 않다
몸이 기억하는 하루
곳곳에 위험이 도사리고 있는 현장

자기만 바라보는 가족들에게 비굴한 모습을 보이기 싫어
아침부터 밤늦도록 일터를 배회할 것이다

날이 밝을 때마다 밝은 햇살이 비추어오듯
은행에는 이자가 쌓이고 세 준 건물은
꼬박꼬박 월세 날 돌아올 것이다
비가 와도 태풍이 불어도 구름이 잔뜩 끼어도
새벽은 밝아오고 사람들이 돈을 벌든 못 벌든
월세는 받아낼 것이다
세입자들의 불쌍한 얼굴도 애써 외면할 것이다
그들이 일터로 나가기 전에 일어나
자기가 더 부지런하다는 것을 보여줄 것이다
벌써 아침이 기다려진다며 밤잠 이루지 못하는 사람

다 같이 맞이하는 새벽이지만 너무나 다른
오늘이 또 지나가고 있다

일복

나는 일복입니다
좋은 일에는 찾지 않고 비싼 돈 주고 사면
괜한 짓 한 듯 생각하는 일복입니다
오일장에서 만 원에 두 벌이라 외치는
그야말로 싸구려입니다

내가 더더욱 헐어가고 더러워져 갈 때
가족들의 입으로 고기가 들어가고
몸 매무새는 삐까번쩍해집니다
그러면 내게 질 좋은 옷으로 바꿔줄 줄 알았는데
여전히 시장에서 싸구려로 파는 허름한 일복입니다
자기들은 고기를 먹다 바닥에 떨어지면
쓰레기통으로 버리는데
나는 입다가 싫증 나면 버리는
주워 온 옷입니다
필요할 때만 찾고 사용이 끝나면 버려지는
천대받는 일복입니다

일복이 터졌습니다

너무 많은 일을 하다가

땀 전 고통이 나를 갈가리 찢어 놓았습니다

일복이 터졌습니다

이제 나는 버려지고 심심풀이로 가는 오일장에서

자기들이 먹는 어묵보다, 붕어빵보다 못한 가격으로

나의 후임이 결정될 것입니다

버려지고 잊히는 게 너무나 당연시되는

나는 일복입니다

일복 터진 사람들이 터지도록 입다 버려지는

일복입니다

농사꾼 김 씨가 말하길

이보시게 양 씨!
사업하다 보면 생각대로
안 될 때도 있지 다 잘 된다면
누군들 달려들지 않겠는가?
가끔은 장마철에 썩기도 하고
겨울에 얼어붙기도 한다네

쌓인 눈 속에서
언 땅속에서도
배추가 어떻게 자라는지 아는가?
꼭 감싸 안고 겉대가
자신을 스스로 죽이면서
모두를 지켜낸다네

아무리 추워도 자신을 지킬
겉대가 있는 한
겨울은 결국 간다는 걸

눈에 덮여 있는 배추도
알고 있다네

자네의 겨울도 이제 곧
지나갈 걸세
자네가 먼 훗날에
그해 겨울은
인생의 겉대였다고 할 걸세

꿈속에서

판도라 상자 속으로 들어가

다 떠나고 홀로 남았다는 희망에게

물어볼 것입니다

남들 다 떠날 때 뭐 했냐고

나만큼이나 게을러서 상자가

열린 줄도 모르고 한숨 자고 있었는지

자기라도 남아서 상자를 지키고 싶었는지

물어보고 싶습니다.

시기와 질투와 욕망이 상자를 나와서

잘 살아가는 것을 보면

희망 네놈도 얼른 상자를 나와야 했다고

윽박질러보겠습니다

희망만 남은 상자를 닫아버린 판도라에게

이 밤 다하도록 열어달라고

조르겠습니다

자물쇠

집을 나서면서

밤새 미소 짓게 했던 꿈들을

최첨단 도어락으로 잠가 버립니다

콩콩 뛰던 마음도 같이 잠가 버립니다

차를 타고 가면서 잠시 이어놓았던

꿈의 가닥도

차 속에 함께 잠가 버리고 일터에 파묻힙니다

언제 어디를 가더라도

항상 나를 잠그고 세상 모두를

잠가 버렸습니다

언젠가 영혼의 울림 있어서

세상의 모든 자물쇠를

한데 모아 잠가버리는 날이

오기를 기다리며

굳게 잠긴 자물쇠를 들여다봅니다

엘리베이터

올라오라 시키고 한참을

별렀습니다 가만히 서서

하지만 그는 미동도 안 하고

그대로 자기 자리만

지키고 있었습니다

말을 안 듣는다고 짜증이 났지만

올라오지 않는 그를 어찌하지 못했습니다

이리저리 생각하다 정중히

내려가고 싶다고 버튼을 살며시 누르자

흔쾌히 올라와서

나를 목적지로 데려다주었습니다

2부

살아남기

살아남기 1

- 폐지

삶의 무게가 가벼워지면

달리는 트럭에서 떨어지기 십상

꼭 붙들어 버티세요

평생을 살아도 다 못 할 일

마저 하고 가려면 꼭 붙들어

서로서로 감싸 안아줘

당신이 떨어져도 운전사는 그냥 달려가 버려

전에는 제법 값나가는 몸이었을진 몰라도

그것은 당신이 품고 있었던 젊음이지

당신이 아니에요

면접에서는 자신을 잊고

당신이 사과박스였는지, 돈박스였는지

생각하지 말고

그냥 박스들과 한데 엉클어진다 하세요

그게 당신이 다시 사는 길이에요

삶의 무게가 가벼워지면

살랑거리는 바람도 무서워집니다

살아남기 2

- 개미와 베짱이

개미는

아침부터 밤늦도록

어영차 기여차 죽을 둥 살 둥

오늘 일해 집 한 채 살까?

자식 학교는 보낼 수 있을까?

비가 오나 바람이 부나 영차영차

베짱이는

오늘도 띵가띵가

봄부터 겨울까지 띵가띵가

바람 불면 집 안에서

날 좋으면 야외에서 띵가띵가

집세 받고 레슨비 받고

놀고 있어도 개미 버는 거 다 가져간다

살아남기 3

- Mr. K

스쳐 지날 때면 쉰 듯한

삶의 냄새가 배어나던 당신

언제부터인가

아이들도 마누라도

나보다 더

당신을 기다리는 것 같아

은근 불안하고 질투가 나서

애들에게 물어본다

얘들아!

Mr. K가 왜 좋아?

딸이 대답한다

자꾸 재밌는 책을 들고 와요

아들도 말한다

가끔은 선물도 들고 와요

마누라도 이런다

가끔 화장품도 갖다 주고 또

무거운 물건들도 척척 들어다 줘요

오늘도 Mr. K의 문자를 받고

싱글벙글인 가족들 앞에

뭔가 잘못되었다는 생각에

나는 버럭 소리 지른다

"택배 작작 불러!"

살아남기 4

- 우성인자

잡초처럼 해마다 쓸모없는 존재라고 뽑히고

세상에 적응치 못한 열성인자들이라고

죽고 죽임당하고, 그리고 죽고

대를 거듭하고 세월을 거듭하건만

콘크리트 틈새에도 황량했던 벌판에도

여전히 살아 질긴 생명력을 말하고 있다

비록 힘이 없어도

가진 것 없고 이념이 달라도

똑같이 살아갈 권리가 있다고 외치다

아직도 죽고 죽임당하고 하면서도

굳건한 소리 더 드세어지는 것은

무슨 까닭인고?

살아남기 5

- 문

너와 나의 경계
차별의 증거
자연과 인간의 경계에서
동물과 인간의 경계에서
인간과 인간의 경계로 굳어진
문

벽이 아니라 문이기에
열리지 않는 문은 없다 하지만
열 수 없는 문은 없다 하지만
언제나 강한 쪽에서 여는 것
그 문으로 들어가려면
소처럼 꼬리를 내리고 복종할 때뿐

벽이 아니라고 모두 드나들 수 있는
문을 만들었다고 하지만
그들은 열쇠를 갖고 있으며
문은 잠겨 있었다

살아남기 6

- 오몽헤사 살아진다

오몽헤사 살아진다
아멩 몰멩진 사름이라도
오몽허당 보민
놈 못지안허게 살아진다

산덴 허는 건
숨만 쉰다는 거 아니여
몸으로 말도 허곡
일로 절로 오몽헐 때
살아있덴 곧는 거여

보이지도 안허는 쇠줄로 묶어부러도
호끔썩 호끔썩
오몽허당 보민 풀리는 거여

오몽헤사 살아진다
경 안허믄 몬딱 사라진다

상처 1

살다 보면 상처가 날 수도 있지
자잘한 상처도 어쩌면 제법 큼직한 상처도
죽지 않고 살아 있어 다행이라 할 그런 상처도
상처는 그냥 두면 곪아 터질 수 있지
소독도 하고 연고도 바르고
가끔은 바늘로 꿰매기도 해야지
오래된 상처라고
그냥 놔두면 살점이 뜯기거나
더럽다고 가려 버리는
그런 잘못을 하지 말고
이제라도 하나하나
흉터마다 약을 바르고
따뜻한 손으로 어루만져 주자
아프지 말게

상처 2

시간이 흘러도 아물지 않아

말도 못 하고 반백 년을 덧나고

가슴에 부여잡고 묻혀가도 어루만져 주지 않던

그런 상처가 있어도

너무나 아파 아프단 말도 못 하고

영전에 술도 한잔 올리지 못하는

너무나 추웠다고 말하는

상처투성이

손바닥 닮은 섬이 있어

상처 3

- 어금니

너무 심하게 꽉 다물었나 보다

예전의 아픔이 깊이 스며있었던 게지

모르고 있었지만

아니 모르는 체하고 있었지만

어금니 한 귀퉁이가 툭 하고

떨어져 나온 그날 병원을 찾았어야 했는데

아파도 아니 아픈 척 하루 이틀

조금 누그러들었다고 괜찮은 것은 아니었는데

세월이 지나면 신경이 무뎌지는 거지

나은 것 아니다

이가 없는 그 공간을 때울 때까지

불편함을 감내해야 할 것이다

상처 4

- 아토피

가려워 긁는 아이에게

긁지 말라

긁지 말라

아프다고 가렵다고

하소연하는 아이에게

조용하라

조용하라

어디가 가려운지

얼마나 가려운지

차마 물어보지 못하고

긁지 말라고, 조용하라고 했던 세월

벅벅 북북

온종일 이곳저곳 긁어대는 아이에게

고작 연고 따위나 발라주고

아프다 소리치는 입을 막아버리고 싶다는 둥

아이의 그 손을 묶어버리고 싶다는 둥

말도 안 되는 생각을 하는데

무자년부터 오늘까지 그 긴 세월을

아이는 어찌 살았을까?

담쟁이

가녀린 손으로 너를 보듬고
한발 한발 기어오르노라면
어느새 하늘이 손에 잡힌다
매서운 바람에 흔들리지 말라고
모진 추위에 떨지 말라고
너를 붙들고 보듬어 준다지만
정작은
너가 나를 지탱해주고 있음을 알기에
나는 너를 떠나지 못함이다

3부

死·삶

다행이다?

구제역으로 가축 수십만 마리 살처분

조류독감 발생지역 수 킬로 이내

닭들 모두 살처분

붉은 핏물이 내를 이루고

지독한 냄새가 공포처럼 번져

모두가 죽어가는 모습을 보다가

코로나 뉴스 시간마다 인간들도

살처분 대상이 되면 어쩌나 하고

밤마다 악몽을 꾸는 세월이 벌써 백일

사람이라서 다행일까?

좋은 시절이어서 다행일까?

산에 올랐다고

산에 오른 적 있다고

산에 오른 사람 도왔다고

총으로 칼로 죽창으로 살처분

가축보다 더 쉽게 죽어 핏물이 흐르고

살타는 냄새 무섭게 번져 나가던

무자년 그 시절도

메밀꽃 감자꽃이 오늘처럼

흐드러지게 피었다는데

말도 안 되는 이야기

- 옛날에이 순경덜이 동네
  다 불살라 부러 났덴
- 말도 안 되는 이야기 고를레?
  게무로사 그런 거 못 허게 지키는 순경덜이
  경 허여시카?

- 경허곡 군인덜이 시께먹엉 오는 사름덜
  몬 심어당 총으로 팡 쏘앙 죽여 부난
  호루에 시께가 막 요라 집이라
- 거 자꾸 말도 안 되는 소리 헐레?

- 무사게 전쟁 나난 산에 올랐던 사름덜
  빨갱이렌 허멍 심어당
  바당 더레도 데껴불곡 모살밭디서도
  몬 죽여 부렀덴 허영게게
- 거 무슨 말도 안 되는 소리 헴나게?

- 기지?
  말도 안 되는 소리지?
  경헌디 진짜 경허여 부렀덴
  경헌 말도 안 되는 일이 이서났덴

제노사이드

1948년 12월 국제연합 총회에서 미국을 비롯한 세계 여러
나라는 나치독일과
일본 제국주의에 의해 일어난 반인륜범죄에 대한 비판으로
집단 살해, 혹은
생활 조건을 박탈하는 것을 금지하는 제노사이드 금지 조
약을 만장일치로 채택해
1951년 발효되었다

오른손이 한 일을 왼손이 모르게 하라
찬란한 햇빛이 비칠 때면 그림자 생긴다지
내가 한 일을 아무도 모르게 하라
오라리가 불붙어도 모르는 일
정뜨르 비행장에 수십 수백의 혼들이 울부짖어도
정방폭포 물줄기 붉게 물들어도
오른손이 한 일이라 왼손도 모르고
세계 모두가 몰라줬으면 하는
무자년 12월

세계 모두가 모여 제노사이드 금지를
약속하는 그 순간
한라산 여기저기 타오르는 불도
백사장에 유골이 날리고
제주 바다 여기저기 생사람 매장돼도
왼손이 한 일이라 아무도 모른다 했지요

그렇게 유엔이란 이름으로 세계평화를 외치던 미국이
오른손으로 제노사이드 금지 서명하며
왼손으로 살육과 방화를 지시하고 있었던 무자년 겨울

괜히 왼손이 시리다

다랑쉬굴

- 토끼

소리가

모두를 죽음에 이르게 할 뿐

도망치는 데 아무런 도움이 되지 않음을

알아차린 그날 이후로

토끼는 말을 하지 않는다

아기가 울면 입을 막았을 뿐

총탄이 날아오고

매캐한 연기가

온몸을 휘감아도

소리를 내지 않았다

토끼들처럼

굴속에서 허연 백골이 되도록

꾹꾹 참았다

살려달란 외침이 부질없음을 알기에

소리를 버린 해골들

수십 년 동안 앙다문 턱이 허옇게 부서졌다

돌가기*

지붕 위로 노을이 졌었지
각지불보다 더 환하게
초가지붕마다 불이 타오르고
가슴이 돌각돌각 까맣게 타던 날
감나무에 달린 감들이 유독 붉다고 생각했었다
노을이 비치는 곳마다
재가 매서운 바람 따라 어지러이 날리던 날
폴폴 함박눈이 내렸지
돌각돌각 돌가기 길을 걸어
금방 돌아온다고 뒷걸음으로
낯설은 동네 처마 밑을 찾아가던 날
댓잎들이 서걱서걱 비벼대고
까마귀들 쪼아 먹던 감이 툭 떨어졌다

*돌가기: 어음 축협 공판장 위쪽에 있었던 마을.

성길*

잊지 못할 길이 있어
스스로 쌓아 허물지 못한
베를린 장벽보다 더 단단한 길
형제와 친족이 어두운 상봉을 해야 했던
아픔의 길이 있어
외적을 향해 쌓지도 않았고
마소 때문에 쌓은 것도 아니라
삼촌과 형제에게
서로 총칼 겨누며
눈총 겨누었던
잊지 못할 부끄러운 길이 있어

군경대가 죽 그어놓은 선 따라
한 담 한 담 쌓아 올리며
행여 밤에 찾아올 형제를 위하여
만들어 놓았던 구멍 하나
그 구멍에 고구마 몇 개 슬며시

놓아두었던 성담

땅 위에 쌓은 담이야 쉽게

뛰어넘을 테지만

마음의 경계를 지으니

벗들의 추억과 형제의 핏줄이

끊길까 두려워 넘지 못하던

돌담이 있어

아들, 딸 손 잡고

걸어보는 성길[城道]이 있어

*애월읍 납읍리에 4·3 때 만들었다는 성길이 남아 있다.

성보 아버지

성보가 누군지는 몰라도
사람들이 성보 아버지라 부르던
마주칠까 무서워 숨어다녔던
험상궂은 얼굴로 술 취해
중얼중얼 소리 지르던 할아버지
젊은 시절 어느 마을에 씨내리로
며칠을 묵고 왔다는
술푸대기 할아버지

무자년 찬바람에
툭 툭 떨어진 동백꽃 마냥
남정네는 다 죽고
행여 살아남은 아마조네스와
부끄러운 밤을
보듬고 왔다는 성보 아버지

여인의 속살보다

질끈 앙다문 입술을 보았고

말초신경의 쾌락보다

꿈틀거리는 아픔이 짜릿하게 번졌다 했다

차마 감당하지 못하는 그 아픔을

날마다 술로 씻는다고 했다

세상에 말하기도 힘든 기억을

잊으려 했고

독한 술로 과거를

게워내려고 했던

성보 아버지의 임종을 지켜본 것은

그가 마시고 버린 술병들이 전부였다

제사

개가 컹컹 짖을 때마다

촛불은 바람 따라 흔들리는데

일가친척들 숨죽여 앉은 지붕 위를

까마귀들만 이리 왔다 저리 갔다

포릉포릉 날았다

죄인처럼 숨죽이고 앉아

이제는 옛일이라고 하면서도

서로 눈치 보며 잔에 술을 따랐고

까마귀들이 바쁘게 날아다녔다

일 배, 이 배, 삼 배

죽창과 총구멍을 형제끼리 맞부딪던 그날

벌겋게 달아오른 기억들이

피어오르는 향 연기 따라

허공 속으로 사라져 갔다

벌초

건장한 사내들이 휘젓고 간 자리
누가 누구인지 모르게 한데 엉켜
쓰러져간 사람들
스쳐 지나간 자리마다
쓰러져 뒤엉킨 사람들
무심한 예초기 날이 윙윙거리며
만벵뒤 묘역을 돌고 도는데
널브러진 풀들처럼 쓰러졌던
원혼들의 울부짖음 귓가를 자극한다

신원보증

예쁘고 깜찍한 울 조카
군인을 하고 싶단다
남자도 아니고 여자가
왜 하필
군인이 되려고 하냐고 되묻기도 하고
그래 남녀 차별이 사라진
이 좋은 세상의 징표려니
그래 하려면 별이라도 따보라며
축하도 해주었다

삼촌
우리 집안에는 빨간 줄 그어진 사람 없지?
4·3 때 공비 한 사람 없지?
삼촌은 학교 다닐 때 데모하다
잡혀간 적 없지?

해방과 더불어 빨갱이 섬으로 낙인찍혀

붉은 손수건만 봐도 경기를
일으키던 어머니 아버지의 새가슴 속에서
숱한 세월을 숨겨온 할아버지 형제분 얘기
알 것은 알아야 하고
외칠 것은 외쳐야 한다고
이리저리 내달리던 나는
오늘 신원보증이란 단어 앞에서
또 한번 경기하다

억새

한라산에도

바닷가에도

억새는 피어올라

하늘 가득까지 하얗게 흩날리는 억새 꽃

그날

파란 하늘엔 하얀 솜털구름 펼쳐놓은 듯

파란 바다엔 파도가 뭍으로 와

하얀 포말로 부서지고 흩어지는 듯

중산간 이곳저곳엔

지천으로 흐르던 피울음 삼키고

세상 가득 뼛가루 날리고 있었다는데

4부

인연

어머니 1

- 차를 타고 가면서

5살 아들이 이것저것 물어온다

아빠 저건 뭐야?

아빠 여긴 어디야?

저건 뭐라 쓰여 있어?

90살 어머니도 자꾸 묻는다

여긴 어디고?

벌써라 여기 와시냐?

이쯤에 삼촌네 집 셔나신디 알아지크냐?

저긴 뭐 지섬시니?

여긴 어디고?

아들은 계속 들으며 알아가고

어머니는 계속 물으며

사라져가는 기억을 붙잡으려 한다

묻고 또 묻는 아들과 어머니

즐거운 대답과 서글픈 대답

지금 이신굴 입구 지남수다

나 업엉 외할망 시께 먹으레 가던

삼춘 집 금방 지나천 마씀

어머니!

어머니 2

- 마늘

바람 냄새로

비의 발자국을 듣는 어머니

척추의 고리를 풀어

둥근 뼈들을 넌다

켜켜이 쌓였던 뼈들이

몸에서 빠져나와

중심을 잃고 비틀대면

마당은 유통기한을 잊어버린 네오파스 냄새 알싸하다

파스 구멍으로 빛을 받는

저 알 알

어머니 손 스칠 때마다

가볍게 날리는

저 뼈 껍질

뼈는 맵다

궁색한 밥상 사이에 둔 열 남매를

고스란히 품고 있는 저 하얀 골(骨)

어머니는

엉치등뼈를 갈아 된장국에 넣는다

잘 여문 것들을 골라 장아찌를 담근다

단단했던 것들이

성장을 대물림하면서

무르고 가벼워져 중력마저 저어하는 틈

나는 온종일 마당에 앉아

바람 냄새 속에서

배고픈 형제들 숟가락 소리를 듣는다

어머니를 낳은 어머니를 본다

지독히 매워 달곰한 어미 곰의 뼈를 씹는다

어머니 3

- 숫자 세기

나의 어머니가 열을 센다 하시고

한 번도 열까지 센 적 없음에

배움이 일천하여 다섯 겨우 여섯이나

일곱까지만 세는 줄 알았는데

아들 낳고, 딸 낳고

셋 센다 다섯 센다 열 센다

매일 매일 세다 보니

사랑하여 바보됨을 알았네

하아나, 두~울 할 적에

사랑하는 만큼 더듬이 병 도지는

그 마음 알겠네

어머니 4

- 아흔 살 일상

오널은 뭔 날이고?

인일이우다

메칠이고?

양력으론 메칠이고, 음력으론 메칠이우다

뭔 요일이고?

반공일 마씀!

아침마다 주간 보호 시설로 향하며

어머니가 연습하는 이유는

머리는 하얗고 이제는 틀니마저도 무거워졌다는

벗들에게 아직 자신은 총기가 살아있다고

친구들 다 떠나보내도록 남아 있을 수 있다고

말하고 싶음이다

어머니 5

- 벙어리장갑

온몸을 돌던 피가 가끔씩
자기 길을 못 돌고 멈출 때마다
푸석푸석한 온몸을 긁어 길을 만들며
봉숭아물 들인 손톱을 만들던 어머니는
첫눈 오기를 기다릴 새도 없이
손톱이 보이지 않도록 장갑을 끼었다

손가락이 없는 장갑
입안에 혀가 있어야 말을 하듯이
손가락이 없는 장갑은 구속하는 역할을 할 뿐
아무것도 할 수 없다
메마른 몸뚱이에 핏길 하나 만들지 못하고
연탄불에 구워지는 오징어처럼
온몸을 뒤틀며 가려움을 견뎌야만 했다
벙어리장갑을 종일 끼고 사는 요양병원 5병동
어머니

어머니 6

- 햇살 방

저 햇살을 언제 봤던가?

저 눈부신 햇살을 언제까지

내 고운 눈가에 담아둘 수 있을까?

밭일하기 딱 좋다고 미뤄뒀던 따뜻했던 봄 햇살도

어느 해 여름 뜨겁기만 하다 피해 다녔던

강렬한 그 태양도 그립다

가을걷이에 바빠서 보지 못했던

곱게 물드는 단풍도

온 듯한데 순식간에 사라진

가을 햇살이 그립다

가끔은 온 세상을 모두 하얀 도화지로 만들어

세상을 그릴 때 예쁘게 반사되던 겨울 햇살에

발그레해지던 내 두 볼이 그리울 것이다

아직 담지 못했던 햇살들을

내가 다 쓰지 못한 내 몫을 마지막으로 온몸에 담아

긴 어둠의 나라로 갈 것이다

따뜻한 햇살에 나는 말라가는데

축축한 그리움은 마르질 않네

어머니 7

- 그땐 몰랐지

어머니는 아파도 울지 않고

무서워도 도망가지 않고

외로워도 누구 부르지 않고

그저 기다리신다

무심한 자식들

눈치, 코치 없는 아들놈이

혹시 튼나길 바라며

전화로 손녀, 손자의 안부만

걱정하시다

정작 당신의 아픔은 묻어두시고

그땐 그랬지

그렇게 생각했었지

어머니, 아버지는

맨날 일만 하고 일만 하려고 하고

일하는 것을 좋아하는 줄 알았지

나는 싫은데

난 어려서 싫은 거라 생각하고
어른들은 일하는 게 즐거운 줄 알았지
그땐 그랬지

오늘 밭에 잡초를 베면서 문득
아버지 어머니도
싫어도 힘들어도
농사를 지어 아이들 배불리 먹이고
아이들 학교 보내야 되기에
그 싫은 일을 하셨구나
흐르는 땀방울이 일깨운다

그땐 몰랐지 어른들도
일하는 것보다 노는 게 더 좋아도
조금이라도 더 잘살아보려고
아득바득 일했다는 것을
부모님 온몸 바스라지도록 일했다는 것을

나도 그리 살아야 한다는 것을

이제야 알았네

어머니 8

- 기저귀

어머니가 나의 기저귀를 갈아준 만큼
내가 어머니의 기저귀를 간다
오줌이며 똥이며 범벅된 기저귀를 갈면서
마냥 대견하다 했을 어머니
그런 어머니의 기저귀를 갈면서
세월의 무상함을 본다
자주 들여다보지 못한 자신을 탓하지 않고
왜 오줌 쌌다, 변 봤다 말하지 않았냐고
타박하는 나를 본다
아들, 딸의 기저귀를 갈 적에는
시간 나는 대로 생각나는 대로
들춰보고 만져보고
짓무를까 걱정했던 내가
어머니의 기저귀를 갈면서 혹시나
넘쳐 흐를까 깔개를 생각하는
이중적 나를 본다

아버지 1

- 속습허라

그렇게 아버지는 돌아가시는 날까지도
며칠을 눈만 꿈벅꿈벅 하시다
속습하셨다

속습허라
사태 때 으싸으싸 허당 다 죽었어
4·19 때도 으싸으싸 하다 죽었어
속습허여사 된다
대학 다니던 아들에게 수없이
되뇌던 속습허라
정권이 바뀌어도
속습허라
세상이 바뀌었다고
아버지! 이제 고라도 될 건디 예!
이제 말해도 괜찮은 세상이라 해도
속습허라
속습허라

평생을 가슴앓이하다가

조용히 눈을 감으셨다

*속슴허라: '조용하라, 입 다물라'라는 뜻의 제주어.

아버지 2

- 올레 1

구불구불 집으로 가는 길

유년의 기억 저편에서

징그럽다기보다

소름 오싹하게 만든 구렁이들

구불구불 거기 있었네

쩌렁쩌렁 아버지의 목소리에 눌려

차마 달라붙지 못하고

길목에서 나를 겨냥하던 구렁이

구불구불하게 때때로 골목을 가로막고

거기 앉아 세월을 탐하더니

오늘

구불구불 걸어가도 보이지 않아

어디를 갔나 했더니

아버지 온몸에 달라붙어 모질게 살아온 세월

삶의 고락을 뇌까리며 똬리 틀고 앉아

구순(九旬)의 세월을 그리고 있네

자식을 가로막던 위협들은
막대기로 쳐내고
돌멩이로 쫓아내던 그 구불구불한 것들
세월을 같이 나눠 먹으며 살아
담담히 당신들 온몸에 아로새기고 계시다

쫓아내고 쫓아내던 그들과
세월을 얘기하고 계시네

아버지 3

- 올레 2

골목길 들어서면

그 목소리 들리는 듯하여

몇 번을 귀 기울이다 멈추곤 한다

드르렁드르렁 고는 콧소리

지축을 쩡쩡 울리던 호통 소리

집으로 가는 골목 내내

그 목소리 아직 남은 듯해서

차마

차를 타지 못하고 밖에서 걸어가는

아버지 살아생전 땀방울, 눈물방울 흘린 길

아버지 4

- 삼중날 전기면도기

그림자 때문에 살이 베일까 무서워요

아버지가 쟁기질해 놓은 밭에서는 허연 수염이 자라요

아버지 허연 수염은 그 골골에서 부족한 아버지의 영양분을

아버지 몫도 안 남기고 뽑아먹고 있네요

그 옛날 도루코 면도날로 까만 잡초들을 베어젖히던

아버지 그때 그 기상이 이제 부러워요

젊었던 날 적진을 거침없이 내달리던

관우의 청룡언월도 같은 도루코 날

휘두르던 아버지의 주름살에서

피 흘릴까 두려워 조심스레 윙윙거리는

삼중날 전기면도기

아버지 5

- 아들에게

너의 할아버지는 붉은 동백이었어
빼앗긴 나라에서도
무자년 그 추운 난리 속에서도
활활 타오르는 불꽃이었어
서천꽃밭 가득 메운
붉은 꽃이었어
힘들어도 스스로 거름이 되어
떨어져도 쓸쓸하지 않게
다시 그만큼 피어나는
붉은 동백이었어
아버지 태손땅에
손주 태를 사르는 불꽃이었어

태손땅에 동백을 심고
할아버지는 스스로 꽃이 되려
서천꽃밭으로 걸어가셨어

아버지 6

- 삶

자신의 삶을 살아보긴 했을까?

부귀영화를 바란 것도 아니며

쾌락만을 좇는 것도 아니며

한평생을 자신을 감춰두고

자식으로 살다가

남편으로 살다가

아버지로 살다가

살다가 먼 길 홀로 가신

나의 아버지

4113호실 그 사람

항상
행복한 순간으로 간직하고 싶었을 게다
생각나는 순간은 기쁜 날이었고
세상에서 못 이룰 것은 없었을 것이다

당신 때문에 누가 울고 있는지
당신은 생각지 않고 웃고 있네요
신선이 된 양 여기저기 돌아다니네요
그래도 당신은 울지 않아 좋네요

어머니께 갈치 사다 드린다고
장 보러 가자고 하는 형님에게 오늘은
어머니 기일이라고 차마 말하지 못하고
다음에 가자고 눈물보다 빠르게
뒤돌아 나왔습니다

형수

중산간 마을 제상에
난데없는 문어 적이 올라온 것은
수줍게 처음 본 사람에게
형수님이라고 불렀던
철부지 까까머리 시절이었다

고무 옷을 옥죄는 허리띠에
납덩이를 주렁주렁 매달고
바다로 내려가곤 했다
시아버지 생신 시할아버지 제사
명절, 설날은 해마다 돌아오고
더 깊은 바다로 간다는 것은
허리에 매다는 추도 그만큼 많아진다는 것
몸으로 느껴지는 문어의 빨판이었다
자신을 바다 깊숙이 끌어당기는
삶의 무게였다

깊이 내려가야 더 많이

건져 올릴 수 있기에

오늘도

추를 하나 더 매달고

자맥질한다

던져 버리고픈 삶의 무게를

허리에 두르고 담담히 침잠한다

한 움큼 먹은 뇌선이

서서히 바다로 퍼진다

두통을 앓는 바다가 잠잠해졌다

5부

비옵니다

비옵니다 1

- 촛불 축제

아들아!

소원을 빌 때는 큰 소리로 하는 거야

달이 저리 높이 있는데

사람들이 다들 자기 소원 비는데

너의 목소리가 들리게 하려면

큰 소리가 필요해

달이 구름에 가려 소원을 못 들을 듯하면

사람들은 촛불을 켜서 소원을 빌곤 해

촛불 하나로 약하면 간절함을 같이 모아

수백, 수천, 수만의 촛불을 모아

횃불을 켜는 거야

프로메테우스처럼 고통을 겪는다 해도

진정 인간을 위한 횃불을 사람들의 가슴에

활활 타오르게 하는 거야

비옵니다 2
- 가뭄

비옵니다 비옵니다
부디 비 내리길
비옵니다

- 아부지 내일 비 온덴 헴수다
- 겅허여도 고물안 물 줘사 헌다
- 내일 비 온덴 마씨!!!
  며칠 이시믄 마 지켄 마씨!!!
- 겅허여도 강 물 줘불라!
  비도 와사 오는 거주!
  내일내일 허당 시께밥 먹어진다

말쑥하게 정장을 차려입은
뉴스 속 아나운서는
서서히 장마전선이 북상 중이라고 보도하면서
기상 관측 이래 최대의 가뭄으로 하천이 말랐고
농작물들이 타들어 가는 더위 때문에 오늘

바깥 활동을 자제해야 하고 그늘에서 자고
시원해지면 일해야 한다고 하는데
수개월째 잠자고 있는 민생 법안들에 밀려
잠을 이루지 못하는 농투사니 아버지는
농사꾼은 죽어도 농작물은 죽일 수 없다고
밭으로 나갑니다

비옵니다 비옵니다
부디 국민들을 위한 법안들도
국회에서 지체 없이 통과되고
죽을 둥 살 둥 일하는 농민들도
일한 만큼 값을 받는 세상 되기를
비옵니다

바람

바람을 쌓아 바람을 막는다
돌멩이가 크면 큰 대로 작으면 작은 대로
하나하나에 의미를 담고
떨어지면 다시 쓰러지면 다시
나의 바람은 평온한 일상

바람으로 바람을 막는다

거미

굳이 알리지 않아도 만남은 이루어지리라
기약은 없지만 기다리고 있으면
지나가는 바람이 그대를 유혹하고
반짝거리는 햇살이 인도하겠지
나는 기다림에 익숙하니까

그대는 무심코 지나가다가
내가 기다리고 있음을 알겠지
그대에겐 악연이고 나에게는 행운이기에
그대가 원하지 않는 나의 일방적인 만남이겠지
기다리고 기다리다 지쳐
내가 먼저 죽을 수도 있겠지
그래도 나는 기다릴 뿐이다
은밀하게
질리게
나의 기다림은 진행 중이다

물의 식욕

마을에 못 하나 있었네

자궁처럼 검고 어두웠으나

소금쟁이가 만드는 작은 결쯤은 눈감을 줄 아는 못

유년은 멀리 보이는 못에 시력을 맞출 뿐

어미의 단속에 한 번도 물을 훔쳐보지 못했네

이미 어미는 알았을 터

못이 밤마다 삼킨 달이 수만 개란 걸

물의 깊이는 우주와 같다는 걸

어느 날

물 마시러 온

소 한 마리

아무도 모르게 한입에 삼키더니

며칠 지나지 않아

철없는 다섯 살배기 영주를

꼬드겨 삼켜버렸네

화가 난 마을 사람들이 못의 배를 갈랐네

철철철 넘치는 양수 속 푸른 살 냄새

통통하게 살찐 붕어가 뛰어오르고

못이 잉태한 것들이 수없이 쏟아졌네

죽음을 예감한 못

어미는 다 똑같다는 듯

마지막 온 힘을 다해 끝까지 움켜쥐는

어린 것들

고약한 입

식곤증을 물리치려고 자판기 앞에 섭니다

뜨거운 여름

체온보다 뜨거운 커피가 막 목울대를 넘는 찰나

입안 가득 노동이란 글자가 풋내를 내며 고약하게 끈적입니다

솔직히 젊은 날 자판기에 동전을 넣으며

여자를 생각한 날도 있어요

엉덩이를 깐 금발 미녀가 컵 속에 담겼으면 하는

삼백 원을 넣고 고급 커피를 누르자

종이컵 삼분의 이 조금 못 되는 곳까지

이국의 아이들 돌배 같은 엉덩이가 담겨 나옵니다

커피콩 따는 검은 손가락이 붉게 물들어도

가난이란 힘으로 가는 그들의 시계는 느리게만 가겠지요

아, 이제야 알겠습니다

태양이 짜낸 아이들의 씁쓰레한 체액이

혈관을 타고 온몸으로 퍼져 하찮은 졸음을 내쫓는 동안

커피에 중독된 혀가 팔딱팔딱 뛰며

착취와 횡포의 얼굴을 숨기고 있었다는 걸

사람들 모두 커피 한잔이 주는 구취쯤은 눈감아 준다는 걸

장맛비

보글보글 맛있는 소리
마누라가 곰국 끓이나 보다
상추도 오이도 가지, 호박도
잘 자라겠다

뽀골뽀골 맛있는 소리
마누라가 찌개 끓이나 보다
장맛 기차게 향그러운
된장찌개 끓이나 보다 뽀골뽀골
우리 아이들 맛있게 먹고
튼실히 자라겠다

건천 1

숨죽여 사는 법을 배웠다
거세게 불어오는 들불에
억새들이 온몸 스러져 갈 때
속으로 밑으로
스며들어
숨죽여 사는 법을 배웠다

소리 없이 흐르기로 하였다
어느 천년에 다시
일어섰다 스러져 갈지는 몰라도
그때까지는 소리 없이
흐르기로 하였다

건천 2

메마른 가슴은 접어두기
언제 올지 모를 그대를 위해
넉넉한
가슴으로 맞이하기 위하여
오늘
목마름은 굳게굳게 참기
행여 넘쳐버릴 그대 사랑을
모두 받아들이기 위하여
오늘 목마름을 굳게 참아
넓은 가슴으로 살아가기

시험

빈 빈 놀당

시험 있덴 허멍

밤 새왕 공비허켄 허여 둠서

아고 야이 경허여도

생각은 이신 아이로구나 허멍

솔째기 방문 욜아보난

고롱고롱 코만 골암신게

비 옵니다 1

- 장마 1

세차게 비 내린다

남쪽에서부터 바람몰이하며

습기를 잔뜩 머금은 야당과

냉랭한 정국을 이어가는 여당이

여의도에서 충돌하면 천둥소리 요란하고

힘들게 살아가는 사람들 눈물을 한데 모아

양동이로 퍼붓듯 비 내린다

좀처럼 그칠 것 같지 않은

지루한 장마다

비 옵니다 2

- 장마 2

하늘에서 빗줄기가 그어진다
일기예보에서는 이번 장마는
멈출 기세가 보이지 않는다고 하고
바깥일을 아직 마무리 못 한 나는
비를 흠뻑 맞아야 할 것 같다
서로가 지나는 길에 힘겨루기하는
그들은 안락한 의자에 앉아서
세상을 말하고
국민 복지를 말하지만
하늘만 쳐다보는 사람들 눈에서는
빗물인지 눈물인지 그칠 줄 모르고
종일 흘러내리고 있다

비 옵니다 3

- 장마 3

비 옵니다

어제도 오고 오늘도 비 옵니다

하늘에 구멍이 난 듯 그칠 줄 모릅니다

서로가 국민을 위한다고 여의도 상공에서 충돌하여

힘겨루기하듯

잔뜩 독 오른 두 기단이 충돌하여

비는 쉴 새 없이 내리고

한 치의 양보 없는 진흙탕 싸움 속에

보류된 법안들이 한강 변으로 떠내려가고

국민의 생활도 휩쓸려 내려갑니다.

비옵니다

비 좀 그만 내리길 비옵니다

속 타는 농부들 노래합니다

비야 비야 작작 오라

장통 밭디 물 골람저

발문

밀착(密着)과 관조(觀照), 혹은 거리 두기

강덕환(시인)

밀착(密着)과 관조(觀照), 혹은 거리 두기

1.

어디 보자, 가만히 되뇌어본다. 인연을 맺은 지 서른다섯 해다. 80년대 중반, 그를 대학의 문학동아리에서 만났다. 그는 새내기였고, 나는 졸업을 앞둔 시기였기에 많은 대화를 나눴다기보다 모임에서 만나는 정도였다. 그는 사범대학을 다녔고, 나는 경상대학을 다녔던 탓인지도 모른다. 그렇기에 '문학'은 탑동방파제나 누군가의 자취방에서 술자리의 안주로 등장하였다. 그 와중에도 그는 계속 글을 썼을 것이다. 쓰지 않았다면 몸으로 표현하고 있었을 것이다. "공부 열심히 허영 학교 선생이나 허라."라는 어머니의 말씀에 개기고 있었는지 모른다.

시대 상황이 얌전하게 '선생'이나 하라고 묶어두지 않았다. 87년 6월항쟁의 거리에서 최루가스를 뒤집어써야 했고,

전교조 선배들의 싸움에 지원사격을 해야 했다. 그리고 직접적으로 밥줄이 걸린 '미발령교사 대책위원회'의 일선에 나서야 했다. 그러던 와중에 '제주청년문학회'에서 그를 다시 만났다. 80년대 초중반, 저마다의 세계를 구축하여 활동하던 여러 문학동인들과의 만남 속에서 발전적 해체와 통폐합을 통해 진보적 문학운동단체로 거듭나기를 시도했다.

> 이제 우리는 이 지역 문학운동의 활성화를 위해 다음과 같이 그 방향성을 모색하고자 한다. 민중적 시각으로 이 사회는 본질적인 모순을 총체적으로 인식하고 단순히 문학이라는 부분의 문제를 해결하는 차원이 아닌 민족 자주화와 조국통일, 민중생활의 개선을 위한 움직임이어야 한다. 그리고 제주도라는 특수상황 속에서 지역주체의 문학을 창출하기 위한 지역문학운동으로서의 역할을 담당해야 한다. 또한 해방공간에서 일어났던 4·3의 역사적인 좌표를 올바르게 설정하고 4·3문학의 문학적 수용, 더 나아가 4·3문학의 정립에 온 힘을 쏟을 것이다. 이것은 곧 한국현대사회의 배반을 치유하는 것이며 민족의 올바른 길을 제시하는 작업이라 확신하기 때문이다.

1988년 8월 15일 발간했던 제주청년문학회의 기관지 『청년문학』의 창간호 책머리에 실린 글이다. 군대에 다녀

오고, 학교를 졸업했지만 교사 발령은 이뤄지지 않고 노가다판에서 일하고, 영화배우 허준호를 닮았다며 죽자 사자 쫓아다녔던 '빵빠레'라는 여인과의 애틋한 사랑을 나누던 시기에(당사자는 얼토당토않다고 펄쩍 뛰겠지만, 곁에서 보기에 그렇다는 얘기다.) 그는 선배들이 결성하고 활동하고 있던 제주청년문학회의 동인으로 글쓰기를 계속 이어갔던 것으로 안다. 어떤 이는 동인들이 발간했던 작품집에 실린 작품이 없다는 이유로 동인활동을 의심(?)하기도 했다.

그럴 만도 했다. 그가 다른 이름으로 작품을 발표했던 사실을 아는 사람들은 다 안다. 지금도 작품집을 훑어보면 '양민혁'이라는 이름을 발견할 수 있다. 그 당시에는 종종 있었던 일이다. 1989년 4·3추모제에서 '양민해'라는 이름으로 '이덕구 선생'이라고 표현한 4·3시를 발표했다가 논란이 있었던 적도 있었다. 또 공동창작이라는 이름으로 문학으로서의 운동을 지향하던 때였다. 4·3을 다룬 '용강마을, 그 피어린 세월', 교육문제를 다룬 '우리들의 학교, 우리들의 교실', 개발문제를 다룬 '내 땅 굳게 딛고 서서' 등이 그 당시 쏟아낸 공동창작의 작품들이다.

이렇듯 1987년 창립한 이래 '운동으로서의 문학'을 견지하며 문예대중화에 앞장섰던 제주청년문학회는 그 후 제주문화운동협의회와 결합하여 문학 분과로 활동하다가 1994

년 제주민예총 문학위원회라는 제도권 문화단체로 이어진다. 이 과정에서 그는 문학 판에서 보이질 않았다. 생활에 쫓겨 글쓰기를 그만둔 것인지, 고이기를 기다려 침잠의 시기를 감내하고 있었는지 모를 일이었다. 그러다가 어느 날(2008년), 「제주작가 신인상」으로 문단에 얼굴을 내밀었다. 습작기까지 합치면 이러구러 20년 만의 일인가.

2.

그렇게 그가 문단에 등장하였다. 앞에서 '빵빠레'로 불렸던 여인은 그의 아내가 되어 있었고, 역시 제주작가 신인상(소설 부문)으로 당선되어 이미 활동 중인 상태였다. 부부가 시인과 소설가로 도반이 되어 동행하고 있는 셈이다. 작품에도 등장하지만, 슬하에 남매를 두고 아내와 함께 'Mr. K'라는 택배기사한테 가족들을 송두리째 빼앗기고 '은근 불안 질투'(「살아남기 3」 중 일부)가 나도 오순도순 숙명처럼 살아가야 하는 그가 첫 시집을 상재한다. 그것도 '체온이 합쳐진 날을 기념하여' 시집을 낸다고 밝히고 있는 걸 보면 가족들 모두를 더블캡 트럭에 태우고 이곳저곳을 누비는 가족 사랑의 애틋함을 엿볼 수 있다. 단순히 가족 사랑에 머물지 않고 이 시집의 전반(全般)을 흐르는 이 땅과의 뜨거운 밀착과 사랑을 읽어내기에 충분하다. 특히 더불어 살기에 초점이 맞춰지고, 낮고 어두운 곳에서 살아가는 사람들의 이야기가 주를 이루고 있다. 작가의 시선이 꽂히는 곳도 당연히 거기다.

> 길을 가다/ 막혔을 때 뒤돌아 간다는 것/ 얼마나 현명한가?/ 좁은 길에서/ 마주 오는 사람을 위해 물러서 주는 것/ 얼마나 아름다운 배려인가!
>
> -「후진」 전문

> 가난한 자는 밤을 기다리고/ 부자는 새벽을 기다린다?// (중략)/ 다 같이 맞이하는 새벽이지만 너무나 다른/ 오늘이 또 지나가고 있다
>
> -「새벽」 일부

시 「후진」은 자동차를 몰고 가다가 자주 마주치는 일상을 쉬운 언어로 소품처럼 스케치해내고 있지만 더불어 사는 삶의 미학을 설명하기에 충분하다. 두 번째 인용한 시 역시 시 전문을 읽어 보면 왜 가난한 자에게는 밤이, 그리고 부자에겐 새벽이 기다려지는 시간인지 알 수 있다. 흔히 '어

둠을 뚫고 동터오는 새벽을 기다려 삶의 현장으로 떠나는 건강한 노동'과는 톤이 다르다. 가난한 자에게는 '날이 밝으면 일 나가기도 전에 월세를 독촉하는/ 집주인을 마주칠까 두려운 새벽'이기 때문에 반가울 리 없다. 그래서 가난한 자의 새벽은 즐겁지 않은 것이다. '비가 와도 태풍이 불어도 구름이 잔뜩 끼어도/ 새벽은 밝아오고 사람들이 돈을 벌든 못 벌든' 월세를 받아내는 임대업자 부자들은 찬란한 새벽을 기다리며 차라리 밤잠을 설치며 부지런을 떠는 사람들인 셈이다. 이러한 역설이 숨겨져 있는 걸 독자들이 모르지 않을 것이다. 이러한 사회의 부조리나 구조적 모순은 다음 시에서도 살펴볼 수 있다.

> 개미는/ 아침부터 밤늦도록/ 어영차 기여차 죽을 둥 살 둥/ 오늘 일해 집 한 채 살까?/ 자식 학교는 보낼 수 있을까?/ 비가 오나 바람이 부나 영차영차// 베짱이는/ 오늘도 띵가띵가/ 봄부터 겨울까지 띵가띵가/ 바람 불면 집 안에서/ 날 좋으면 야외에서 띵가띵가/ 집세 받고 레슨비 받고/ 놀고 있어도 개미 버는 거 다 가져간다
>
> -「살아남기 2 - 개미와 베짱이」 전문

개미는 '영차영차' 일하고, 베짱이는 '띵가띵가' 논다는 표현이 웃프다. 개미가 족족 벌어오는 것을 넙죽넙죽 가져

가는 병리현상을 쉽게 들려준다. 쉽게 써내려간 듯 보이지만 많은 논리가 담겨 있고, 치밀하다. 아마 과학교육을 전공해서일까.

3.

파괴되고 허물어져 가는 공동체 사회의 복원에 신경을 곤두세웠던 그가 제주4·3의 문제를 그냥 지나칠 리 없다. 대학 시절부터 거슬러 올라 1989년 4월 3일, 제주대학 옴팡밭에서 추모제가 열리고 운집했던 학생들은 교문 밖 진출을 시도했다. 놀란 경찰병력들은 최루탄 차량으로 교수아파트 입구 쪽에서 대기하고 있다가 학생들을 향해 최루탄을 퍼부었다. 당시 그는 선두에서 깃발을 들고 있었다. 그 모습은『월간제주』 잡지에 고스란히 실렸었다. 그래서였을까. 그의 시에서 자세히 살펴보면 유독 4·3시에 많이 천착하고 있음을 간파할 수 있다. 그러나 접근방식이 차분하다. 4·3과 관련된 그의 가족사를 나는 모른다. 다만, 시를 통해 추적해보자.

그가 태어나고 자란 애월읍 납읍리는 4·3 당시 400여 호의 큰 마을이었을 뿐만 아니라, 양반촌이라는 강한 자긍심을 갖고 있었다. 특히 경찰을 많이 배출한 마을로 널리 알려져 있다. 그런 까닭인지 다른 중산간 마을과 달리 한 달가량이 지난 후에야 마을 소개령이 내려졌다. 특이한 것은 이때에도 주민들만 소개시켰지 마을을 불태우지는 않았다는 사실이다. 주민들 피해 역시 타 지역과 비교해볼 때 극심한 편은 아니었다.

> 그렇게 아버지는 돌아가시는 날까지도/ 며칠을 눈만 꿈벅꿈벅 하시다/ 속습하셨다.// 속슴허라/ 사태 때 으싸으싸 허당 다 죽었어/ 4·19 때도 으싸으싸 하다 죽었어/ 속슴허여사 된다/ 대학 다니던 아들에게 수없이/ 되뇌던 속슴허라/ 정권이 바뀌어도/ 속슴허라/ 세상이 바뀌었다고/ 아버지! 이제 고라도 될 건디 예!/ 이제 말해도 괜찮은 세상이라 해도/ 속슴허라/ 속슴허라/ 평생을 가슴앓이하다가/ 조용히 눈을 감으셨다
>
> -「아버지 1 - 속슴허라」 전문

끝내 아버지는 사건의 진실에 대하여 말씀이 없으셨나 보다. 평생을 가슴앓이로 속슴하여 살다가 돌아가셨나 보다. 자칫 후손들에게 화가 미칠까 하여 말하지 못했던 사연은 세상이 바뀌어 '이젠 고라도 될 건디 예!' 하고 구슬려도 끝내 조용히 눈을 감아버린 것이다. 그러나 아들은 안다.

너의 할아버지는 붉은 동백이었어/ 빼앗긴 나라에서도/ 무자년 그 추운 난리/ 속에서도/ 활활 타오르는 불꽃이었어/ 서천꽃밭 가득 메운/ 붉은 꽃이었어/ 힘들어도 스스로 거름이 되어/ 떨어져도 쓸쓸하지 않게/ 다시 그만큼 피어나는/ 붉은 동백이었어/ 아버지 태손땅에/ 손주 태를 사르는 불꽃이었어

-「아버지 5 - 아들에게」 일부

아버지는 끝내 들려주지 않았지만 쉬쉬한다고 묻힐 역사던가. 할아버지는 붉은 동백으로 활활 타오르는 불꽃으로 살다가 서천꽃밭으로 가셨음을 아들은 안다. 자, 이젠 그가 '4·3의 문제를 어떻게 전해줄 건지?'라는 물음에 봉착하게 된다. 군인이 되고 싶다는 여자 조카에게 전승해줘야 할 차례다.

삼촌/ 우리 집안에는 빨간 줄 그어진 사람 없지?/ 4·3 때 공비 한 사람 없지?/ 삼촌은 학교 다닐 때 데모하다/ 잡혀간 적 없지?// 해방과 더불어 빨갱이 섬으로 낙인찍혀/ 붉은 손수건만 봐도 경기를/ 일으키던 어머니 아버지의 새가슴 속에서/ 숱한 세월을 숨겨온 할아버지 형제분 얘기/ 알 것은 알아야 하고/ 외칠 것은 외쳐야 한다고/ 이리저리 내달리던 나는/ 오늘 신원보증이란 단어 앞에서/ 또 한번 경기하다

-「신원보증」 일부

"시간이 흘러도 아물지 않아/ 말도 못 하고 반백 년을 덧나고/ 가슴에 부여잡고 묻혀가도 어루만져 주지 않던/ 그런 상처가 있어도/ 너무나 아파 아프단 말도 못 하고/ 영전에 술도 한잔 올리지 못하는/ 너무나 추웠다고 말하는/ 상처투성이/ 손바닥 닮은 섬"(「상처 2」 전문)에서 태어난 그가 정작 자신의 아이에게 '긁지 말라', '조용하라'고 하지만

> 벅벅 북북/ 온종일 이곳저곳 긁어대는 아이에게/ 고작 연고 따위나 발라주고/ 아프다 소리치는 입을 막아버리고 싶다는 둥/ 아이의 그 손을 묶어버리고 싶다는 둥/ 말도 안 되는 생각을 하는데/ 무자년부터 오늘까지 그 긴 세월을/ 아이는 어찌 살았을까?
>
> -「상처 4 - 아토피」 일부

라고 생각하며 기구한 세월을 견뎠을 도민들의 삶을 지나치지 않는다. 일반에게 잘 알려지지는 않았지만, 그의 안내로 납읍리에 있는 4·3 당시 축성 현장을 다녀온 적이 있다.

> 잊지 못할 길이 있어/ 스스로 쌓아 허물지 못한/ 베를린 장벽보다 더 단단한 길/ 형제와 친족이 어두운 상봉을 해야 했던/ 아픔의 길이 있어/ 외적을 향해 쌓지도 않았고/ 마소 때문에 쌓은 것도 아니라/ 삼촌과 형제에게/ 서로 총칼 겨누며/ 눈총 겨누었던/ 잊지

못할 부끄러운 길이 있어// 군경대가 죽 그어놓은 선 따라/ 한 담 한 담 쌓아 올리며/ 행여 밤에 찾아올 형제를 위하여/ 만들어 놓았던 구멍 하나/ 그 구멍에 고구마 몇 개 슬며시/ 놓아두었던 성담/ 땅 위에 쌓은 담이야 쉽게/ 뛰어넘을 테지만/ 마음의 경계를 지으니/ 벗들의 추억과 형제의 핏줄이/ 끊길까 두려워 넘지 못하던/ 돌담이 있어/ 아들, 딸 손 잡고/ 걸어보는 성길[城道]이 있어

-「성길」 전문

마소보다도, 외적보다도, 이데올로기보다도 핏줄을 갈가리 찢어놓은 성벽을 보며 성담 구멍으로 고구마 몇 개 슬며시 놓아주는 인간미에선 향기가 난다. 그가 사는 집 올렛길을 나서면 보이는 이 성담길을 마주하며 앞으로 또 다른 4·3시가 어떻게 나올지 궁금해진다.

4.

아버진 이미 돌아가시고, 어머니도 요양병원에 계시는가 보다. 기억이 희미해지고 피나도록 긁어 벙어리장갑이 수갑처럼 채워졌다. 어머니의 기저귀를 갈면서 흠칫 놀란다. 어머니는 자신의 대소변을 받아내며 대견하다고 여겼는데,

정작 어머니의 기저귀를 갈면서는 넘쳐흘러 더럽혀질 깔개를 걱정하는 지경에 이르면 이중적인 자신을 채찍질한다. 부모-자신-자식으로 이어지는 일련의 관계 속에 삶의 터전을 노략질했던 거대한 바람에 저항하고 뜨거운 밀착을 통해 사랑했던 젊음을 조용히 생각한다. 거울 앞에 선 것이다.

> 나는 알고 있다/ 나를 보러 오는 사람들 모두가/ 나에게는 관심이 없음을/ 그들은 오로지 자기 자신에게만/ 관심이 있다는 것을/ 그리하여 나는 나를 감추고/ 나를 만나는 사람들에게/ 그 사람만을 보여준다/ 그들은 자기의 좋은 점을 찾기를 원하지만/ 나의 역할은 그들의 단점을 비춰주어/ 그들 스스로 잘못을 바로잡게 하는 것/ 거기서 보람을 느끼는/ 나는 거울이다
>
> -「거울 2」 전문

'거울아, 거울아 이 세상에서 누가 제일 예쁘니?' 하고 물으면 '백설공주'라고 당당히 대답하는 거울이다. 그들의 단점을 비춰주어 그들 스스로 잘못을 바로잡게 하는 것. 그는 거기서 보람을 느끼는 거울이고 싶어 한다. 진실과 정의의 길에서 한 치도 어긋남이 없이 그의 길을 가겠다는 다짐이 꼿꼿하다.

남의 잘못 내 몸 바쳐/ 바로잡아 줬더니/ 그는 정의가 되었고/ 나는/ 똥이 되었다

-「지우개 똥」 전문

이 짧은 시 속에 내포된 의미가 너무 좋아 SNS에 퍼 나르기도 했던 시다. 지우개처럼 자신의 살점이 뜯기며 잘못된 점을 고쳐놨더니 정작 결실은 다른 사람이 따먹더라는 부정한 사회에 대한 질타이기도 하지만 정의를 곧추 세우려는 의지를 엿보게 한다. 「일복」이라는 시에서도 마찬가지다. 땀 전 고통이 자신을 갈가리 찢어 놓고, 버려지고 잊히지만 자신은 일복(노동복)임을 자처한다. 오일장에서 어묵보다, 붕어빵보다 못한 가격으로 후임이 결정되는 '일복이 터졌다'는 은유가 빛난다.

그가 맹지를 가지고 있다는 사실을 아는 사람은 많지 않을 것이다. 노가다판에서 철근에 눈을 다쳤다고 들었다. 그 맹지를 오히려 슬픔을 이기는 통로로 여기고 있다니 놀랍다. 이게 그의 장점이지 싶다. 세상을 바라보며 밀착과 관조, 때로는 거리 두기를 통해 엮어가는 그의 시어가 더욱 찬란해지기를 빈다.

양동림

태손땅 납읍에서 살고 있다.
제주작가회의, 애월문학회 회원으로 시를 쓰며
방과후교실에서 어린이들에게 바둑을 가르친다.
현대해상에서 보험 판매원으로 일하고 있다.
saranamgi@hanmail.net

마주 오는 사람을 위해

2021년 11월 19일 초판 1쇄 발행

지은이 양동림
펴낸이 김영훈
편집인 김지희
디자인 나무늘보, 부건영, 이지은
마케팅 강지인
펴낸곳 한그루
출판등록 제651-2008-000003호
제주특별자치도 제주시 복지로1길 21
전화 064 723 7580 전송 064 753 7580
전자우편 onetreebook@daum.net 누리방 onetreebook.com

ISBN 979-11-90482-88-2(03810)

이 책은 제주특별자치도, 제주문화예술재단의
2021년도 문화예술지원사업의 후원을 받아 발간되었습니다.

값 10,000원